S. FISCHER

Wulf Kirsten

erdanziehung

gedichte

S. FISCHER

FSC
www.fsc.org
MIX
Papier aus verantwortungsvollen Quellen
FSC® C083411

Erschienen bei S. FISCHER

Druck und Bindung: CPI books GmbH, Leck
Printed in Germany
ISBN 978-3-10-397429-4

inhalt

I
am grundfaden

II
poesie der landschaft

III
weltbetrachter

I
am grundfaden

lichtgebet

luziferische lichtträger & armleuchter,
wahnanschauung als weltanschauung
drapiert, vom wahn zum wahnsinn,
lichtwärtsgestalten, von erleuchtung
beseelt: lichtgebete zu beten,
gesprochen von höhenmenschen,
Luzifer und Balder verpflichtet,
sehnsüchtig ausposaunt in käseblättchen
für eine schwach besetzte sektierer-
gilde, erleuchtete empormenschen,
die ihre philosophatschereien
für aller weistümer letzten schluß
ausgeben, sich selbst, keine frage,
natürlich auserwählt, dünkelhaftes
dunkelmanngemunkel, plattfußdaleminzer,
aufgenordet, die dem werdandikult
huldigen, gottverwerdandibus.

herbst

blankgeriebene felswände,
natur pur vor Jena belassen,
an die sich perückenbäume krallen
hoch hinauf in rot getaucht,
auf den höhenzügen drehn sich
die mühlen der stromerzeuger,
die auf wind setzen, soll
nur wehen, woher und wohin
er will, eilfertig in die
laubfärbung hinein und schon
wieder hindurch radfahrer
im konvoi, selbst der flußlauf
stromab demnächst kostspielig
asphaltiert, weit und wüst
verstreut kaufhallen
im gelände, supermärkte
für heimwerker, die den herbst
festnageln wollen, heimwärts
schwankend-wankend alte weiblein,
erdwärts gebeugt, an einen hacken-
porsche gehängt, schritt für schritt
im wechselsüchtigen licht
herbstwärts das leben hinab,
stapfen tapfer dahin.

am grundfaden

am grundfaden hängend, vernetzt,
wie ihn die spinne zu ziehen beliebt,
wirst du wohl oder übel mit deiner
hauteigenen geschichte leben müssen,
wenn auch demnächst aller leiblichen
beschwerung entrückt, gespaltenes bewußtsein
abgewickelt, die wende rückwärts,
wie von turnvater Jahn vorexerziert,
lebensrettend das perfekte anpassungs-
konzept, schon immer vorsichtshalber
zutiefst überzeugt gewesen, sieh selbst,
es gibt keinen anfang und kein ende,
außer dem einen, das dich und nur dich
unabweislich betrifft, licht und schatten
als bizarre formgestalter, wahr aber ist,
die zukunft gehört eindeutig der ellipse,
ein vertrackter corpus aus falsifikaten,
imitaten, denaturiert vom schütteln
in der kruden gemengelage, schöne worte
und nichts dahinter, schönheit sei
eine figur der wahrheit, daß ich
nicht lache, vielleicht, wenn es hochkommt,
eine notgedrungne erscheinung, zum abbild
ihrer selbst verflacht, wer kann wissen
bei so viel fehlgeschlagenen verheißungen,
nun im trugschlußverkauf, gekarrt
auf die erinnerungsschuttablage,

personelle altlasten erkennungsdienstlich
korrekt erfaßt hergebrachtermaßen,
augenscheinlich deformalitäten,
wie haarstäubend auch immer aufgetischt,
status quo vadis, eklatanter geht nicht,
brotlose künste, indoktrinierte
aller länder bekennt euch angesichts
konjunktureller abschwünge, gramgebeugte
jasager und abnicker koriphäen,
lumperei und lauserei (siehe Goethe
an Herder anno 1790), seither etwelche
epochenumbrüche, wie waghalsig
auch immer subversive elemente
aufgetrumpft, falschzüngler und falschmünzer,
auch skandalnudeln hoch im kurs,
vertrauensschwindsucht bei sozialer schieflage,
wolltest du nicht eine welt aus sprache
zimmern? gib das wort! wirf auch das deine
auf die waagschale, kultur degeneriert
zur sättigungsbeilage, bedenkenträger, mach
keine menkenke, du hast wohl nicht alle
tassen im schrank? hörst du zu? du sprichst
unentwegt in dich hinein, so stehst du
am ende mit deinem latein auf verlorenem
posten, ach, freunde vergangener zeiten,
wo seid ihr abgeblieben? entsorgt
die krumme wahrheit des raums, wie schon
von Ernst Meister prophezeit, wohin gehen wir,
brandfackelsätze im ohr? ist dir bange
vor der abgottschlange?

verwerfungen im relief

ins licht der geschichte gehoben,
über versteinerten meeresboden hinweg,
bewaldete steilstufen im unteren muschelkalk,
felsbänder, fossiliengespickt, auf denen
berglauch sein kümmerlich fortkommen findet,
hufeisenklee als irrläufer inmitten
aufrechter trespe, hangauf ästige graslilie
in reichen beständen, hier regiert
unerbittlich ausschließlich, widerständig
gegen alle verwerfungen im relief
die morphologische situation mit all
ihren endogenen kräften, inkrustiert,
was grusig aufgesattelt, nachträglich
in schutt und karst verkieselt,
aufgeschüttet grundmoränen
mit resten vom letzten steppennashorn,
flachgeböschte sockel, alle kegel
abgestumpft, aufgewölbte schmale riedel,
vom unteren über den mittleren zum oberen
muschelkalk, eingezwängt springquellen
schluchtartig eingetieft, verschieft,
verschlufft die kerbsohlentäler
der kurzbeinigen schorte wie der wohlrose
mit ihren mäandrigen schwüngen,
bis zur endstation der inlandvereisung,
elstereiszeitlich getönt, geföhnt,

wenn nicht von unsichtbarer hand geschönt,
hinterm keuperhorizont, wo immer zu finden,
bewaldete gipfel, restholzbestände,
versunkene schlösser und raubritterburgen verebnet,
dem erdboden gleich seit jahrhunderten,
aber sagenhaft aufgeschmückt von märchenonkeln,
jetzt drüberhin dominiert halbtrockenrasen
mediterraner prägung mit schiefertonzwischenlagen,
tektonisch bedingt.

verregneter sommertag

mauersegler, pfeilschnelle bewohner
der lüfte, wohin nur entflohen?
nicht einer aus dem pulk, der den himmel
bevölkert mit seinen flugkünsten,
während es aus kübeln dräuscht,
die gesättigte erde läuft über
samt ihren flußläufen, bald landunter
die wohnsitze, die zu nahe
am wasser gebaut, hundsgemein
diese erbärmliche kälte,
schwarzverwölkte drohgebärden,
tief herunterhängend,
zum schure uns zugedacht
diese ballung aus eisheiligen,
kalter marie und schafskälte
in ein und derselben
himmlischen person, wie sollte
man da noch den schwarmgeistern
glauben schenken, die alsbaldige
klimaerwärmung verheißen?

Nikolai Kljujew

orphischer sänger der bauernhütten
waldiger dörfer endloser weiten
im taigahauch, Kitesch, märchenhafter ort,
mondnachts tönt der kiefern geläut
trauminsel Solowjezk, wo der wassermann
werg und hede spinnt im lichtgesims,
franziskanischer bauernapostel, der
in die feurigen abendrotbänder
seine altgläubigen gebete murmelt
und traumwandlerisch auf ein bauernparadies
setzt mit feldgeschworenen
wie zu zeiten Jemeljan Pugatschows,
ein einziger leidensweg im weltrauch,
den das schicksal ihm einbrockte,
gräserpsalm aus schwermutsfäden gewebt,
wortschöpfer mit prophetenstatus,
auferstandene worte in sprechendes seelenlicht getaucht,
vieläugige brüderlichkeit
herbeigedichtet, zeit, ach zeit vorbei,
halt nur einziges mal doch noch ein,
bis das letzte gedicht vollendet,
als kulakendichter verteufelt, verdammt,
feindliches element, also verbannt,
zu tode gebracht, als der tod umging
millionenfach, verscharrt ortlos
gleich einem räudigen köter.

plan de dieu

mediterran aufgeheizter südsommer
läßt die haut spüren, wie er
sich hemmungslos ausgießt und
einbrennt im gläsernen licht,
wo sich festhalten mit den augen,
wenn nicht an den gebildreichen
bergzinnen, zerwitterten felszacken,
zwischen denen sich entlegne
bergdörfer versteckt halten,
waghalsig in sich verkrochen,
eng gekammert unter steineichen-
gesträuch, verwildertem holz,
an kalkweiße felsriegel gegürtet
im streckverband, über der gottesau
dunstet der tag ab gleich heerrauch,
der Atlantik schickt fabuliertes
abendgewölk, geschwänzt
mit surrealen schnörkeln,
als hätten alle maler der montagne
ihre pinsel eilends ausgestrichen
auf himmlisches kommando, weit hinüber
zur breitwannigen Rhône hängt euterschwer
ein jahrgang wein an verknorzten rebstöcken,
um den triumphbogen von Orange
gehn fernher schwimmende lichter an,
von zikaden intoniert die heldentaten
der zweiten legion.

von Hottelstedt nach Zottelstedt

mit Feininger über die dörfer
von Hottelstedt nach Zottelstedt,
dutzendweise kirchtürme gestaffelt,
auf landwegen enthusiasmiert
von sprengel zu sprengel gedemmelt,
füße fest in die pedalhaken gestemmt,
magisch angezogen von in sich
versunknen, verschachtelten
bauernkulissen, geduckt um alt-
ehrwürdige schieferturmspitzen
gehöfte, die seit olims zeiten
auf ackerbau und viehzucht setzten,
auratisch überwölbt der ätherdunst
laterne, ahle, zwiebel,
zur abwechslung ein pultdach gesetzt,
und, erst diese eine filigrane nadel
zu Gelmeroda, die so waghalsig schief
in den lichtfluß sticht, brevi manu
gezimmert von einem landbaumeister,
approbiert auf handfeste bauwerke,
überblendete schatzkammern, licht-
skulpturen transkribiert, ebenso
flüchtig wie genial schraffierte
lebenswunder plein air, tausendfach
heimgeholt gleich schrindigen
waldgewichten von den hügelherbsten,

wenn die muschelkalkhänge in voller
leuchtkraft überwirklich nah
aufscheinen, die ausgewanderten
dorfansichten zu besichtigen
in galerien, Lyonel Feiningers
thüringischer mythos weltweit
aufbewahrt, *kristallin zergliedert,*
prismatisch
gebrochen.

laubgeräusch

mitten durch den garten
floß die Wesenitz,
an der verschloßnen remise,
die nie ich betrat,
stand ein rosinenbaum,
nur so genannt,
weil seine früchte
für rosinen gehalten,
ebenso von mir,
unkundig wie ich war,
auch gab es die scheißhüttelbirn',
so geheißen, weil der baum
seine kraft zog und sog
aus besagtem etablissement
ländlicher schlichtheit dichtbei,
unausforschlich die fülle
der bretterschuppen,
so vieler geniste, dächer
geteert und mit kastenfallen
eines katzenfängers bestückt,
der wußte, wie man sie lockte
und fing, nachts schlief ich,
sollte ich schlafen, in einer
der obstkammern unterm dach,
gehüllt in sortenreichen
apfelgeruch, eingetragen

vom garten über der Wesenitz,
die fremde griff an die kehle,
so viele kammern, verliese,
in denen es spukte, tante
sagte, sicher ein murd,
das rumort wie wild nachts
auch in meiner kammer, schlaf nur,
mein junge, schlaf nur,
die äste des ahorns
schlug der wind aufs dach,
herzbeklemmend befremdlich,
das traumbestückte laubgeräusch
schickte mich in den schlaf.

spielplatz

hanguntter wilderten eiche
und salweide um die wette
neben apfelbäumen und gras,
unten der bleichplatz,
wasser lieferte der mühlgraben,
weiter drüben rauschte
die bach auf steinernem bett
elbwärts, kein schönerer spielplatz
zu finden am dorfrand,
auf fußschmalen terrassen
futter gesenst und hochauf
gegabelt, oh, und dann
in die holme des schiebbocks
gegriffen und bugsiert,
ein balanceakt, bloß nicht
das gleichgewicht verlieren,
womöglich hals über kopf
in hohem bogen den berg hinunter,
futter samt einradkarre
in den mühlgraben hinein,
bloß nicht, das kunststück
mußte immer wieder gelingen,
damals, mitten im krieg,
ich sah ihn, Franz aus der Ukraine,
deportiert mit fünfzehn,
zum laufen am berg gebracht,

in trab gehalten, wehe,
dreimal wehe, er hätte die fuhre
geschmissen, ich hab ihn,
als ich zehn war, bewundert.

der diener

diener bin ich gewesen, immer zu diensten,
was mir auch abverlangt wurde
vom generalsekretär, der sich vorauseilend
bereits angelangt wähnte im sozialismus,
privilegiert dank kaderschutz,
als dann vom tatterich geplagt
mein herr und staatenlenker
keinen hasen mehr traf, von denen
er so viele zur strecke gebracht,
mußte meine schulter herhalten,
wehe, wehe, sie wagte zu zucken,
die ohren freilich ertaubten
von der ballerei aus nächster nähe,
feldhasen, wo seid ihr abgeblieben?
untergegangen samt meines gebieters
hakenschlagendem weltreich,
so viel zu mir, jetzt invalid,
wahrhaftiger diener des sozialismus, der,
soweit ich sehen und hören konnte,
vorwiegend auf hasenjagd setzte.

was ich noch sagen wollte

was noch gesagt sein sollte
zuguterletzt, vorsichtshalber
vorwiegend im konjunktiv
und ansonsten kein wort mehr
verlieren, geplärre, glatt
an der wahrheit vorbei, mir reicht's,
zu viele befehle empfangen
und widerwillig ausgeführt, mag alles
gewesen sein, was nur selten
recht und billig war
für die kleinen leute, denen du
wie ich zugeschrieben, ich seh mich
stehn im tante-emma-laden
um groschenkram aus bonbongläsern,
der in die tüte kam, längst
an die wand gedrückt, winters
begeistert schlitten in kette
gefahren, den schäfereiberg
hinunter klang es durchs dorf
»bahnefrei-kartoffelbrei«,
aus nachbars garten wassereimer
geschleppt und volle säcke
in die kornkammer gebuckelt
treppauf, grünfutter geladen,
im unrat gestochert, statt schule
besucht rüben verzogen,

zeilen ohne ende bis zum horizont,
keile ins stockholz gedroschen,
den bello beidhändig geschwungen,
ich wußte von dir, wiesensalbei,
gänsefingerkraut in rauhen mengen
hinterm haus, wildkräuter reich
assortiert, als tee eingetragen,
wegrandbegleiter wie auch rainfarn,
geschichte liegt mir irrwitzig auf,
doppelzentnerschweres gepäckstück,
nicht abzuwerfen, ich weiß schon,
du hast es nicht gewollt noch
verbrochen, nicht die bohne,
spürst du nicht, wie das alles
befremdlich nach außen drückt
und wie das geschrei,
wenn neues unheil im anmarsch,
ungehört verhallt?

sagenhaft

der könig von Ostrumelien,
einer feindlichen militärkapelle
in die hände gefallen, als
auch die Kutzowalachen, Pomaken,
Lipowaner, Zinzaren, Huzulen,
Tschitschen, Aromänen und all
die andern minderheiten zusehen
mußten, nicht ausgestorben zu werden,
damals, als die produktion
von volksfeinden auf vollen touren
lief, ab in den gulag, als gretchen
faust nach der mehrwertsteuer fragte,
wurde die gretchenfrage geboren,
tatsächlich, das ist nicht gelogen,
aber sag, wie hast du's mit der religion?
ach, mir geht's so weit gold, da ist
nicht zu klagen, glaub mir, wirklich sagenhaft.

die eskaladierwand

welch ein glück, sagt man sich
am ende eines langen lebens,
nicht mehr strammstehn müssen,
hände hart an der hosennaht,
nicht mehr marschiern in kolonne
und gleichschritt halten,
mit schrittwechsel getriezt,
nie mehr auf knien rutschen,
durch kuhfladen robben,
bei widersatz verdroschen
wegen feigheit vorm feind,
nie mehr affenartig hochhangeln
die eskaladierwand hinauf,
schon der anblick ein graus,
einmal lebensgefährlich
danebengeschossen wegen astigmatismus,
wie vorgeschoben, nie mehr
diese kapriolen, welch ein glück,
von dem ich zu sagen weiß.

Eichendorff

Eichendorff und ich, wie vermessen,
so unverfroren neben ihm zu stehen,
als hätt ich grund, mich zu vergleichen
mit ihm, maßlos überhoben, ich weiß,
und doch drängen vergleiche zwanghaft
sich auf mitunter, mit keinem versmaß
zu messen, völlig zerstolpert,
zerstoben wie meine kindheit mit blick
auf ein schloß, das nicht das seinige war,
aus einem haus, das aus dem leim,
vielmehr lehm ging, so daß ein giebel
abstürzte und vater samt hacke
und schaufel um ein haar unter sich begrub,
eine staubwolke hinterlassend,
die ich langhin abziehn sah
über bäume und sträucher hinweg
bis zu den feldern der elpégé
»O Täler weit, o Höhen«, so blieb ich
in tuchfühlung jeden morgen
mit Joseph von Eichendorff,
fuhr ich in die pantoffeln,
hochkant vor die haustür gestellt,
ließ ich mir gesagt sein,
poesie geht ohne schuh.

durchsichtig

letzte reise mit freund Brod,
der schon neun bücher vorweisen
konnte, während Kafka, wohl-
vorbereitet zu Goethe unterwegs,
die pilgerfahrt als literarischer nobody
antrat, eine woche in spartanischer kammer
genächtigt hoch oben für zwei mark,
in einen backfisch verschossen jählings,
namens Gretchen, eben sechzehn geworden,
das unterricht nahm im weißnähen,
bei hochsommerhitze sah Kafka
sie leichtgewandet ziehn
die Erfurter straße hoch, erotisiert
von ihrem durchsichtigen kleid.

eine augenkrankheit

wie nur gerieten wir
nach langer fußwanderung
durch einsamkeiten
des innersten Mecklenburg
an die vergessene,
völlig verrottete bahn-
station Basedow, erinnerung
an eine augenkrankheit,
aber wir sahen nur schrott,
nur schrott war da noch
zu holen, herumstehen
und nichts als warten
mit dem aufwallenden gefühl,
nie mehr hält hier ein zug,
wie bloß entweichen
diesem weltverlornen nest?

Ostende

Die eine Fähre läuft aus, / die andre
kehrt zurück. / Wie gut zu bleiben.
Hans Bender

einmal nach Ostende gefahren,
dicht am meer gestanden,
zugesehen, wie eine fähre
anlegte, leicht hätten wir
nach Dover übersetzen können,
uns die füße mal kurz
auf englischem boden vertreten,
unentschlossen blieben wir zurück,
liefen lieber endlos strandentlang,
muscheln zu suchen als trostpflaster,
eines liegt noch sich blank,
lang und schmal gleich einer messer-
scheide, auf der es stand damals,
als wir fast in England gewesen wären,
hätten gewesen sein können,
die schalen erinnern sich,
aufgehoben worden zu sein nahe Ostende,
an dem tag, als um ein haar
wir freiweg über den kanal gelangt
wären auf einer fähre.

Friedrich Rohmer
(1814–1856)

vergessener kann einer nicht sein
als du, Rohmer Friedrich aus Bayern,
wie leicht sagt sich das so hin,
ein achtundvierziger, abgetan,
abgestanden, abgestellt
in einem lexikonartikelchen,
und doch gebührt dir ein ehrenplatz
als hellsichtiger, deiner zeit
mindestens hundert jahre vorausgedacht,
vorahnungsvoll vorausgesehen,
was da auf uns staatserhaltend zurollt.
der klügsten einer, den ich aufnehme
in meine imaginäre walhalla,
zu genau gewußt von denen,
die uns im nacken sitzen werden,
sattel- und sesselfest ohnegleichen,
eingestrickt in ein meer von paragraphen,
unverweslich, wetterfest ausgetüftelt,
was ein heer von bürokraten
uns einbrocken wird. nachzulesen
in des propheten klagschrift,
Friedrich Rohmer hat gewußt,
was uns blüht.

stadtführung

durch Weimar gezogen
mit schülern aus Weilheim,
eine geschichtslektion
ambulando parlando
unterbreitet, nicht eben
allwissend, aber doch
auf geschichten gezogen,
jeder pflasterstein
von geistesvergangenheit
abgerieben und zu denkmalen
erhoben. also habe ich
leichtes spiel, wenn wir
durch Herders garten pilgern,
das geschieferte kirchendach
von Thomas Mann gedeckt, als ihm
der phantasiepreis, eigens
für ihn erfunden, abgenötigt
wurde in voller höhe als spende,
wohl aber stand er ganz in gelb,
wenn ich nicht irre, völlig
verkitscht auf dem lächerlichen
balkon, eigens für A. H.
als schwalbennest angeklebt
von Speers getreuestem schüler,
als freund Arnfrid unten stand
und mit den andern lauthals

rief: »Lieber Führer komm heraus
aus dem Elephantenhaus.«
haus für haus weiß zu erzählen,
ich lese im steinernen textbuch,
laßt uns abbrechen, auf, auf
samt lehrer ins Schwarzbierhaus.

zikadengesang

wo nicht überall zu hören
als grundton der erde,
zikadensang am Comer See,
unterwegsbefindlich
mit Arnold Stadler,
der sich auskennt, wo auch
immer er hingelangt,
auftrifft, um uns Bellagio
zu zeigen als kundiger Thebaner,
zikadengesang heftiger noch
über der Nesqueschlucht,
hart am abgrund entlang,
nichts als aussicht
die schlucht hinunter
und weit hinüber zu dem berg,
der die landschaft krönt,
als wäre der kalkschotter
bis zu dem gipfel hinauf schnee,
majestätisch beherrschend
sein revier der Mont Ventoux.
zikadengesang zwischen den dörfern,
an die felswände gleich gürteln gedrückt
über dem Rhônetal der scharfkantigen zacken
geklöppeltes bizarres geklüft
Dentelles de Montmireil,

zikadengesang, wo immer wir schweiften,
wo immer zu hören, wir wußten,
das ist der Süden.

Herders garten

schwer zu finden grüne insel stadtinmitten,
Herders garten, kundig nachempfunden,
eingegrünt wie zu seinen zeiten, hochgeästet
eine esche, die ihn wahrlich noch leibhaftig
wandeln sah, beet an beet gestochen scharf
und botanisch ausgeschildert, was da alles
gründlich nachgezüchtet sprießt und in reihen
wohl gedeiht: mottenkönig, roter mangold,
erdbeerspinat, spargelerbse, stangenbohne,
apfel neben birne und auch quitte mittendrin
neben nachtviolen, diptam, apothekerrosen,
eigenmächtig hagebutten frostbeständig,
Karoline, ist zu lesen, schwamm in meerkohl,
kapuzinerkresse, wohlbestellt ihr blumenflor,
garten der humanitas geheißen, jeder wie auch
jedes kraut muß schon aus sich selbst
das machen, was aus ihm nur werden kann und soll,
steht das nicht im brief an Jean Paul Richter?
der es gar nicht lange aushielt hierorts
wie so mancher andre erd- und stadtbewohner auch,
klatschverseuchtes nest wohl seit olims zeiten,
mit dem grabscheit zu hantieren sei ganz
selbstverständlich arbeit eines knechts,
meinte Herder unumwunden, so hätt alles
seine ordnung im weltreich von igeln und mond-
wölfen, wo aber, frag ich nachgeborner

anbetroffen, sind die pinien abgeblieben,
deren kerne Goethe zugedacht eigens
diesem gartenkunstwerk? Karoline zuckt bedripst
die schultern, Johann Gottfried schüttelt nur den kopf,
ich bedaure, keine ahnung, kann mich nicht
erinnern, gehab er eilends sich nur wohl,
nehm gefälligst er den ausgang durch das tor.

mauersegler

für Helga Brunnemann

wo nur bleiben die himmelsbewohner
mit ihren schreien der lebenslust,
schrillem schrie-schrie-schrie?
erst spät im april zu sehn die vorhut
der gefiederten akrobaten,
stromlinienförmig gestylt,
lebendige pfeile, getragen
von gesichelten flügeln, darsteller
gesteigerter szenen, tollkühner kapriolen
in waghalsiger rasanz zu bewundern,
in eleganten schwüngen ziehen sie
bis in unsichtbare höhen hinauf,
zu schwarzen punkten verwinzigt,
schweben sie wetterflüchtig
taglang über den wolken, heißt es,
mitunter den vollmond umkreisend,
dies sah ich mit eigenen augen,
eh sie im sturzflug durch den abend
huschten gleich fledermäusen,
flugspiele im pulk, atemberaubend,
gespräche en bloc oder
reden sie nur mit sich selbst?
einverstanden, schwebend am leben
zu sein? dem kurzen sommer
lauthals stimme geben,

den himmel beleben, bis abend
für abend die dunkelheit
sie jählings einhalten heißt.

II
poesie der landschaft

zweifel

der insektenforscher Fabre,
dessen körper angepaßt seinem metier,
hat ihn tatsächlich bestiegen
den Mont Ventoux und wie oft,
mir reichte die eine einzige
besteigung, erklimmung, dem
schneeweiß gebleichten kalkschotter,
der mich partout nicht hochkommen
lassen wollte, flüche über flüche
der verzweiflung zugedacht
und es am ende doch geschafft,
auf dem gipfel zu stehen,
von Malaucène her kommend, nur dies
sei passabel, vier stunden
unentwegt bergauf geschunden,
nur ja nicht den pfad verfehlen,
kein mensch unterwegs per pedes
apostolorum, weit drüben
das bergdorf Suzette, wo ich
den granatapfel brach, der
zu einem versteinten klappertopf
mutierte, seit ich wähnte, Petrarca
zu folgen, jetzt mehr ich die schar
der zweifler, seit man herausfand,
der wunsch als vater des gedankens
diktierte ihm die erste besteigung

nicht schon am anderen morgen,
tatsächlich jedoch achtzehn jahre
später, sollten seither nicht zweifel
angebracht sein, frage ich Dich,
Christoph Meckel, seinerzeit hoch erhoben
wohnhaft in ebenjenem windigen ort
Suzette, als wir kamen auf endlosen pfaden
herübergepilgert von Séguret?

blaues geflügel

odonatologen, vokalreiches wort,
leider nicht von mir erfunden,
vom Duden schlichtweg verschmäht
wie so viele andre auch, nicht
zu verwechseln mit odontologen,
ihres zeichens der zahnheilkunde
beflißne, nein, odonatologen
im sprachgewand der feinen unterschiede
sind wie jeder dödel sehr wohl weiß,
wie andrerseits und meinerseits
auch ich zu wissen vorgebe,
libellenfreunde, kundig ausschau
haltend nach hauchzartem
blauem geflügel, schwirrend-flirrend
über tümpeln und teichen, wo immer
noch vorhanden, in der stillen hoffnung,
wenigstens einmal im leben einer neuen
spezies gewahr zu werden als entdecker,
aber ebenso darauf bedacht, vom aussterben
bedrohte spielarten zu retten, ihre
körperlosen körper äußerst behutsam
mit sendern auszustatten wie jedwedes
lebewesen in freier wildbahn, enthoben
der bedrohung lebensgefährlicher
schlagseite, lassen wir sie, von ihrer
schönheit beglückt flugtüchtige

schillebolde sein und noch ein bißchen
am leben bleiben samt angestammtem habitat,
tümpeln und teichen, sumpfblütengeschmückt,
warum sollten sie nicht lebendig
bleiben wie etwa auch wir, wer sonst
könnte bewundern das blaue geflügel?

gold

I

Monika Steinkopf zu Bergen-Enkheim
sei dank für den regen goldener früchte,
die so zahlreich vom apfelbaum fielen,
einen hab ich aufgefangen, obwohl
ein hundsmiserabler fänger, schon
bei völkerball auf dem schulhof
zu Sachsdorf an der Wilden Sau,
erst recht im selten gewordenen roggen-
feld, vorzeiten übermannshoch,
ideal für strohsäcke, flegelgedroschen
von den händen
der mutter, auf denen ich lag,
eben jetzt seh ich endloser gersten-
felder bürste, mutiert zu purem gold.

II

barrenweise lagerten goldreserven
zu Halsbrücke hoch über der Freiberger
Mulde, von diebischen elstern entwendet
im bunde mit bäckermeister Findig,
der buk das edelmetall in seine kuchen,
um sie heimlich westwärts zu versilbern,

seither hüteten die goldjungen den hort
von Halsbrücke, von tempelwächtern
gleich sträflingen beäugt und bewacht
das gold, nur noch verflüssigten zustands,
seither übte sein handwerk der bäcker
hinter gardinen, exportgut aus Schweden.

III

zu bewundern gleich einer reihe
von orgelpfeifen die blitzblank
geschlagenen goldschmiedhämmer
meister Christoph Diemers,
die handlichen griffe und köpfe
von seiner hände arbeit,
das prachtbuch Monika Steinkopfs
verleiht seinem werkzeug
himmlischen glanz, als wär es
blankes gold.

bukowinisch

melittaschiefer in popiankaschichten,
in keinem slowarnik zu finden,
woher weißt du? was weiß ich?
mit diesem erdwachs ozokerit,
wurde freiweg erzählt seinerzeit,
ließ sich wunderbar bohnern
ohne alle zutaten, schraufit war
zu finden, fossiles erdharz, kostbar,
wem immer dies etwas sagen sollte,
vorhanden auch sphärosiderite
und toneisensteine bei Kimpolung,
wenn ich nicht irre und einen bären
aufbinde, eine wallfahrtskirche
von schwalben an den felshang geklebt,
allenthalben verbargen sich silber-
erze bei Kirlibaba, auch gold,
wurde gemunkelt, bergleute,
aus der Zips angeheuert, siedelten
in Jakobeny, ein manganbergwerk
aus dem boden zu stampfen, noch immer
entspringt am fuße der Kuhhornkette
die Goldene Bistritz, um alsobald
in den Sereth zu fallen, tief unten
sah ich den Pruth sich schlangengleich
winden und wenden, flußüberwärts
liegt Sadagura, wo der wunderrabbi residierte,

wie ging sein leben zu ende?
geschichte aus lauter geschichten,
erdbewohner jüdisch-bukowinisch,
zerstäubt über alle fünf kontinente,
wenn nicht bestialisch vernichtet
von den barbaren, in todeslagern
ums leben gebracht, ahasverische
gestalten auf der flucht wie freund Kittner,
literastelli, literator in extremis,
der von Transnistrien erzählte, wo man ihn
barfuß durch die hölle getrieben,
tote juden traf ich reihenweise
auf dem jüdischen friedhof
zu Czernowitz, einer wie der andre
im stich gelassen, kein wort fällt nun mehr
auf jiddisch, seit Josef Burg
hochbetagt als letzter der letzten gestorben.

am ende aller tage

weiß ich wirklich, wer ich war, wie mir
geschah? wie die irrwitzigen zeitläufte
durchgestanden? was hab ich vollbracht?
vergebliche frage, kein haus gebaut,
keinen acker bestellt, der mir zu eigen,
auf eigentum gepfiffen, diesen
und jenen berg bezwungen, nie höher
als dreitausend, unmögliches möglich
gemacht, das knirschen von panzern
im ohr verfangen, einer versank im sumpf
der Struth samt besatzung, einem toten
die stiefel gestohlen, wojna kaputt,
habt ihr pferde? habt ihr soldaten
versteckt unter den dielen? nix pod polje,
fliegenumsummte verwesung einen sommer
lang aus straßengräben, schluchten,
nichts geht über das gedächtnis der nase,
abgetriebenes vieh im Kummerteich
steckengeblieben, an kälberstricken
herausgezerrt mit leibeskräften, soweit
noch vorhanden, panzerfäuste lagen
zuhauf in der einsiedelscheune
des Schloßmüllers, dem endsieg entzogen,
in die schützengräben hinterm haus
demolierte karabiner entsorgt,
auf den marsfossilien weideten schafe,

mit der korona nachkrieg gespielt,
an der Eichlehde handgranaten fachgerecht
abgezogen, in deckung gegangen
am wiesenhang, einer verlor
den kopf, gerade mal zwölf, als er
sich mit einer granate zu schaffen
gemacht auf elterlichem gehöft,
allen unrat, den der krieg hinterließ
an stahlhelmen, gasmasken, feldspaten
in die steinbrüche geschaufelt,
straßenrandgräber, biographien ausgelöscht,
einen der kettenhunde traf es am ende
von hinten, der lag als schlußstrich
des weltkrieges II im getreideschlag
an den Großen Bäumen wochenlang,
bis zwei frühe heimkehrer den namenlosen
an ort und stelle vergruben, verschollen
bis in alle ewigkeit, mit geschichten
haushoch beladen, zentnergewichte,
in geschichte gesetzt, wer war denn ich,
der dies erlebt haben soll? wahrlich,
ich hab nichts vollbracht für die dauer,
ich tat keine großen dinge.

am weidenpfad

am weidenweg entlang
uralte verknorzte kopfweidenreihe,
längst nicht mehr gekröpft,
auf die sich neue weiden gesetzt,
auf Ottstedt am Berge zu führt
der pfad, ein pferdedorf, umgeben
von gehügelten koppeln –
die wüstung Arnstedt, die wir
hinter uns gelassen, schon
vor jahrhunderten zermalmtes,
zermahlenes erdenweh, dem erdboden
gleich, nur der zerfahrene einsame
feldweg blieb, auf dem ich voreinst,
als wär es erst kürzlich gewesen,
kiebitze im torkelflug erblickte
über verlandendem sumpf.

stille

wenn es der stille endlich gelingt,
ungestört zu sich selbst zu kommen,
hörst du, wie sie plötzlich zu summen
anhebt, weiß ich, wie lange sie
brauchte, sich dieses imaginäre summen
auszudenken, äußerst welthaltig
für jene, die ihr zuzuhören und sie
zu vernehmen bereit sind, du irrst,
wenn du meinst, dies sei doch recht
beiläufig, wenn nicht gar bloß
einbildung, nein, erst so wird
alles wesentliche, was dich umgibt
und dich ausmacht, in dieses unablässige
summen eingewoben und bildet textur,
es fragt sich nur, wer noch wollte
und sollte das überirdische hören, wo
alle ohren verstöpselt, alle blicke
weltab gerichtet auf smartphones,
die dazu verhelfen, nicht mehr gewahr
zu werden die sie umfangende welt.

III
weltbetrachter

aplomb

wie, wo und wann demonstriert man
sicherheit im auftreten, nicht zu verwechseln
mit auftrumpfen, vulgo
auf den putz hauen? viel zu wenig
genutzt so manches aufbewahrte
wie aufgebahrte dudenundblasenwort,
seltenheitswert, deshalb blank
poliert, gewienert mit stiefelwichse,
mitunter förmlich geschwollen, regelrecht
verquollen, dann schwillt
die scheu, dir könnte unversehens
ein steifleinen verquastes schnick-
schnack-angeberwort in freier rede
unterlaufen, liebe parnassauer,
parteilehrjahre sind keine herrenjahre,
besser der abgedroschnen phrasen
sich bedienen aus der wortfabrik
als inferiore profanationalisten,
wo großmäulig quark produziert und
hemmungslos nachgequatscht wird,
bis er jedermann zum halse raushängt
und am ende von den hinterletzten
trappsern aus platterdingsda zertreten
wird und auf dem komposthaufen landet,
bekanntermaßen muß es nachgerade
nicht immer besagte materie sein,

die breitgetreten wird, zweifelsohne
nicht die bohne, insoferno nichts-
destomehroderweniger, schier unmöglich
auf die insel Schiermonnikoog
zu gelangen, um aplomb zu
demonstrieren auf westfriesisch,
was allen 920 bewohnern völlig
schnurzepiepe, wenn nicht gar
schnuppe wäre.

unterwegs nach Absurdistan

unter der sternwolke das gesäusel der lichtgesimse,
treuhandsweilen irrlichternde gestalten vollmond-
beleuchtet,
marinierte marionetten aufgefädelt wie die bismarck-
heringe am spieß,
megalomanische duodezwürstchen, ausgeflippte null-
rundenapologeten beherrschen die sprachreichtümer
von schädlingsbekämpfern,
eurokrawalleristen von unergründlicher geistes-
beschränktheit,
spintisierendes kleinstadtgeplapper, auf fehlgedeutete
wetterprognosen abonniert,
schiefgewickelte tornadobeauftragte halligalli
in eine gewitterfallböe geraten,
wolkenrüssel auf erdanziehung gedrillt,
die valeurs in der warteschleife zur gänze verortet,
wenn nicht verwortet, deformatorisch,
sic transit gloria am anus mundi.

abendfrieden

zum offnen fenster herein weht es
gedichte vom pfarrer Schmidt
aus Werneuchen und seinem
nachgeborenen amtsbruder Thieme
aus Allstedt, vormals thüringisch,
der unstete sonntag ist schon
verstrichen, bin ich tatsächlich
der forderung des tages nachgekommen?
alle rechnungen mit freund & feind
beglichen? die auszüge ziehe ich
morgen, gleich in der frühe, zu sehen,
wie es so steht, vielmehr, was sich
in einer woche verflüchtigt hat,
wäre nicht ein scheck zu vermelden,
der mich völlig unvorbereitet
erreichte und merklich bereichert,
dank denen, die den kleinunternehmer
unbemerkt ästimierten und verwertung
bescherten, eh ich auf russisch
fortfahre mit drastischen ausdrücken,
sag ich für heute nur noch konjez,
es reicht.

herbstgeschmack

herbstgeschmack auf der zunge,
wolkengebilde, die sich
verräterisch auftürmen,
ein turmfalke rüttelt und kirrt,
weiß der himmel, was er lauthals
bekennt in seiner sprache,
die weizenstoppel wird aufgescheibt,
hinterläßt aufgestöberte staubwolken,
die sich der erdanziehung widersetzen,
stare ballen sich, auf drähten
gereiht kurzschwänzige mehlschwalben,
notenköpfe, die darauf warten,
instrumentiert zu werden,
mehr nicht zu hören, zu sehen,
im handkehrum geht dieser abend
hinter dem berg im sichtfeld
zu ende, eine rede bricht ab,
versprengte bruchstücke, eben
noch worte gewesen, land unterm licht,
das schwach wird, zusehends schwächer
im nachlaß des tages, der schon
nach herbst schmeckt.

fachgespräch

heute ein fachgespräch geführt,
wie ich bemerken mußte, nicht
mehr ganz sattelfest wie seinerzeit,
als ich pferden das kumt aufsetzte,
wie leicht man sich täuscht, wenn es
um scheuklappen geht, um trense,
kandare, über die vorzüge von sielengeschirren,
über die brust gespannt,
so gingen wir detailbesessen
das komplette spannzeug durch, eine
lehrstunde, jäh abgebrochen, als
fahrgäste in die kutsche stiegen,
das gespann, fest im geschirr,
parierte aufs wort ihres dirigenten
mit der peitsche, der mir eben
den nutzen von scheuklappen erklärte.

weltbetrachter

teilhaber am abendlicht
als oft genug verlachter
weltbetrachter, gräben
geschachtet mit hacke und
schaufel, knochenhart,
versteinte berge superphosphat
pulverisiert, als ich wallraffte
im feldbau einst zu Riemsdorf,
blau gefrorene winter den hohlweg
hinauf gleich hinterm elternhaus,
zugeschüttet mit schnee,
bunker gebaut, fast selber
im iglu vereist, das waren noch
winter, wenn einer starb,
mußte er eingekellert liegen,
bis er im pferdeschlitten
einzog aufs gräberfeld
des kirchspiels, da kannte ich
einen uralten, verborgen
unter bartgestrüpp, gesegnet
vom zeitlichen mit achtundachtzig,
da war ich gerade mal acht,
mir achtzig voraus, jahrgang 1854,
nun selbst achtzig verweht,
irrläufer meiner selbst, der

von verflossenen jahrhunderten
zu berichten weiß, zeitzeuge
wider willen nolens volens.

nachthinüber

sinkendes licht nachthinüber,
abglanz über den fluren,
ein schwirren und zirren, hör nur
die zirpenden tonkünstler,
die sich dir mitteilen, auch
wenn das ohr sie gar nicht
vernimmt, es flirrt vor den augen,
gedenke des tages, des soeben
noch gewesenen tages, der dich
wanken und schwanken heißt,
was ihm selbst widerfährt,
schieb getrost alle zweifel
über den haufen, sei genügsam,
vergiß nicht, eigens den abend
zu loben, wie den zirruswolken
leichthin die figurierung
ausgeht und dem himmel sein
blankes azur zurückgibt,
als ging die bedrohliche fahrt
durch die Blaue Grotte bei Capri,
von der mir eben August Kopisch
berichtet, erst ersonnen und
dann so glanzvoll in natura
gemeistert, wohlweislich
nicht im alleingang.

ambiente

ambiente gutbürgerlich, rundum gediegen,
haltbar, nicht unterzukriegen
von allen weltverbesserungsverheißern
die eierscheckengrenze weiter nördlich,
registrierte atmosphäre, in gerüche
diversen ursprungs getaucht, torten
verspachtelt, die ein meister
des konditorenhandwerks produziert hat,
gegrummel, gemurmel, unnachahmlich
der sound, zweigipfliger silbentonfall,
residenzbeständig, tag für tag
alle tische besetzt von kaffeetanten-
quartetten, durchschnittsalter: betagt,
versorgungsbereich für eierschecken-
liebhaber dicht an der Elbe, das ersetzt
jede Toskana, die letzten groschen
verjubelt, eh alles wieder umgerubelt.

gelände

möglichst bizarr ausstaffiert will es die landschaft,
diametral: agrarische dominanz,
so wie es die äcker und wiesen bezeugen, hanglagen
wildwuchsbestückt, blühstreifen in spe, wenn
der winter, der keiner war, abdanken mußte,
vorerst alle feldwege zerwalkt von regengüssen,
astgewirr, das es drauf ankommen läßt
selbsttätig dörnicht zu bilden, strauch
an strauch verhakt zu gesträuch, wiesen
punktiert von maulwürfen, als seien sie
der zeichensetzung kundig, dicht über der erde
schwebende nebelbänke, hügel an hügel
bewaldete buckel, die kronenlinie ebenmäßig
windgeschliffen, der in ruhestellung verharrende
acker exotisch belebt von zwei grasenden
schwänen, irrläufer, vom hunger entführt,
querend die einsamkeit stapft ein wanderer
mit stock, als hätte die winterlandschaft
seiner subjektiven wenigkeit bedurft.

mitspracherecht

in einer vielzahl von anthologien
geblättert, auf den verwehten
spuren des Erfurter lyrikers
Johann Jeremias Kummer (1785–1859),
der eine tabakfabrik pries,
sah hie und da, was ich vergaß,
wo mir mitspracherecht zugebilligt,
will lieber sagen, eingeräumt
wurde, ach, herrje, da seh
ich, da steh ich anbetroffen
angepinkelt von einer hohlbeinigen
wie -köpfigen armseligen
Erfurter puffbohne wegen aus-
lassungen ornithologischer natur,
musikalisch grundiert und
mit namen genannt, schwarzer
amselhahn mit weißer feder
in der schwinge, dem ich
lebensrecht einräume, sänger
auf der äußersten dachkante,
wie du mir, so ich dir,
wenn ich nur der vogelsprache
kund, so viel zu Johann Jeremias.

der lebensfaden

himmlisches frachtgut, wolkenballen-
geschiebe mit windantrieb, das sich
der erdanziehung widersetzt, vonwegen
v sei g mal t, mein bescheiden teil
blieb zu lebzeiten auf bodenhaftung
bedacht, vormals die landrücken
per pedes apostolorum durchstreift,
den saumpfaden gefolgt, flurgehölze
wie lehden gequert, steilstichige
weidehänge erklommen von der unteren
Ebde hinauf, unbedacht der schulweg
über kunstvoll gewölbte steinerne
brücken, mußte hilflos zusehen, wie
das hochwasser der Wilden Sau
sie ratzbatz wegriß, elbüberhoben
war ich geborgen, entronnen
verzäuntem pferch, wo unsereiner
aufwuchs in ausgewohnten lehmhäusern
des häuslerwinkels neben deputat-
löhnern, da fand ich die wüstung
Wudemare dem erdboden gleich, alle
habseligkeiten zunichte gestampft,
ließ mir von Hiob erzählen, unser leben
sei nur ein schatten auf erden,
die irdischen tage verfliegen gleich
einem hauch, schon Pythagoras wußte,

zeit ist die seele des himmels,
denkmuster aus wortfiguren teils
mondgesichelt, teils vernebelt,
der und jener auf gemeinwohl bedacht,
mitteninne einer, der ich gewesen
sein soll, als zu fragen war, was ist
wahrheit, zu erkennen, was lüge,
der lebensfaden endlings abgeschrattet.

physiognomie der landschaft

für Gerhard R. Kaiser

auf verurachtem feldweg
am wanderstock in die dämmerung
hinein gestapft, gestolpert,
gesträuch läuft nebenher,
den flurbereinigern entgangen,
wie sollte die einsamkeit
auch weltrandläufer gewahr
werden, dies obliegt einzig
und allein den mückenschwärmen,
die sie umschwirrend einhüllen
in ihr gekribbel und gekrimmel,
wer nur lehrte sie diese
attraktive figurierung in ballen,
nirgendwoher-nirgendwohin,
dicht über der rissigen erde,
feldmannnstreu als begleitgrün,
gleichsam kniehohe gräser,
die für nichts auskommen müssen,
nebst einer üppigen blumenwildnis,
von feldgehölzen bedrängt,
die sich zurückholen, was ihnen
entzogen vorzeiten von brandrodern,
tief unten rotgeziegelt das alte dorf,
dächerverschachtelt, kein laut
dringt herauf ins gereut mit wildwuchs,
gerste und weizen kurz vor der ernte,

ein starzendes distelparadies hochauf
über die ährenflut hinausgereckt,
sperriger sommerabend, wo nur verwest
das aas, das penetrant in die nase fährt
randwärts naturbelassene wildnis,
in zerfahrenen klunsen zwei wanderer,
die nichts anficht, unversehens querend
physiognomie der landschaft.

windhose

himmel, du hängst mir
wie ein schlummerbursche über der achsel,
träg und tatenlos;
mehlsack, ich bin nicht dein schaukelstuhl!

setz deine segel!
bewegung will ich,
einen rechtschaffnen sturm, eine windhatz.
himmel, bescher mir ein dutzend handfeste böller!

lass stieben im geplöder die insassen
einer landschaft in steckzwiebeln und stiefmütterchen!
streu bohnenstroh den erschrockenen gärtnern
übers geharkte wochenend!

nur vergiss nicht:
unter naturschutz stehn
die schlagfittiche
des windmüllers von Pegenau.
schockschinder, himmel, du schnakenhaus,
die rechte regung für
ein manifest von jungen dichtern
ist der gewitterschrei.

himmel,
sei nicht so knausrig!
einen wirbelwind jetzt!
schenk mir eine windhose!

peripherie

draußen vor der stadt, wo
das reich der feldmäuse beginnt,
sieh nur, wie sie uns
blitzschnell über die füße huschen,
die ränder des feldwegs,
allwo sie sich verschanzt wähnen
in größtmöglicher sicherheit,
solange noch nicht jeder rain
verstümmelt und versiegelt,
weithin ebenmäßig abrasiert
stoppelfelder, weiß ich, stand
hier weizen, stand hier gerste,
müßt es wissen, seh nur,
daß kein feldstück blieb vergessen,
allenthalben zuseiten des fußwegs
der herbst vorgeschossen
mit nicht zu bezähmender trauer,
schon wieder ein sommer
wie nicht gewesen abgestrichen,
hoch an der zeit abzuräumen,
was noch in ballen und bündeln
herumliegt, reinen tisch machen,
wolkenfelder in die klarheit
des himmels gemischt und platz-
heischend gemengt, der kalender
weiß zu berichten vom morgigen tag:

erster september, während ich
fußlängs der stadt entweiche, als
wäre mein teil die peripherie.

Gerega

ein vergessenes dorf,
entlegen in wäldischer einsamkeit,
geduckt in eine bodenfalte,
vormals brandgerodet wie Spayl,
Sifritsoare, geradezu achtlos
beiseite gelassen, wenn nicht
gar vollends abgeschrieben,
und doch, und doch,
tatsächlich vorhandener ort,
der jahrhunderten getrotzt,
weltverlorner weiler,
laß uns nachsehen, ob es stimmt,
was der spott ihm anhängt,
vorgeblich keiner gemeinde
zugeschlagen wegen zu großer
entfernung, erdbewohner,
kleingekammert, siebenunddreißig
an der zahl, verschworene
gemeinschaft in allen lebenslagen,
die sich nicht in die karten
gucken läßt, komm mit, laß dich
führen, bleib auf dem deichselrain,
laß dich überraschen, augenschein
trügt nicht, Gerega, dazu bestimmt,
demnächst abgesiedelt zu werden,
umgetopft gleich den pflanzkübeln
vor dem letzten gehöft.

morgen in Alzey

blick aus dem hotelfenster,
höhenbäume halten den horizont
besetzt, melierter himmel
verschleiert die sonne,
das auge sortiert
kompaktes grüningrün
in so vielen nuancen,
ich spüre den wuchsdruck,
das wuchern, aufschießen
und zuranken –
ein grünes dickicht,
wie wohltuend, daß es noch
solch nichtsnutzige winkel
gibt, pflanzen nicht gegängelt,
gestöckelt, gebändelt
noch sonstwie gebändigt,
freiwüchsige restbestände, die
für nichts auskommen
als für sich selbst,
ein klitzekleiner erdenfleck,
mit dem ich mich
einverstanden erkläre
als stiller betrachter,
Karl Schloß zu ehren in Alzey,
dessen leben als jude
in Auschwitz endete,

in einem seiner gedichte
sah er jahrzehnte zuvor
die blumen in rauch aufgehn.

fabula rasa

o du, mein Abdera an der Wyhra,
von windfluggehölzen umzingelt,
muschelkalkäcker steinübersät,
schliefrige schrindstellen,
wohin das auge auch blickt,
ein überalterter zauntorso,
geniste im gartenzwergicht,
luft in luft, teils dusig,
teils schwadig zerflossen,
verballhornte architektur,
einen ganzen straßenzug lang,
ach ja, aus dem staube murmeln
soll ich, wie von Jesaja empfohlen,
fabula rasa, denaturiertes
gehädrich draußen hoch oben.
viel zu lange treu und brav
hinter irrwitzigen irrlehren
her marschiert ohne gleichschritt
mit zwei ziegelsteinen
im rucksack, marsch der bewährung
geheißen, sechshundert backsteine
verloren gegangen an archäologen,
die rätseln mögen über die fracht
beidseits des weges, der
zum Auensee führte, nicht
zu verwechseln mit informellen

mitstreitern, auf decknamenästhetik
getrimmt, die unerkannt bleiben
wollen, war da nicht freund mir
der eine, der andre, roßtäuschern
anheimgefallen, triumphbögen
hell ausgeleuchtet, verheißungen
auf parolen gezogen, vonwegen
auf ewig verbunden, aber
keinen tag länger darunter
gesetzt, wer nur fügte die wahrheit
hinzu? windgezwirbelt verwirbelt
gewöll im gewell, wo seid ihr
abgeblieben?
stracks über den landrücken hinweg,
erst zum Kalten Muff, durch
den krähenbusch in die sumpfige Struth,
gib acht, wo ein panzer versank,
nie mehr zu bergen, bloß weg hier,
wie komme ich nach Schaddel, wo liegt
Querbitzsch an der Schnauder?
wie nur beschreib ich mein leben
und das so vieler andrer, die
neben mir schürgten und würgten,
längst abgeschiedne seelenverwandte.
über allen gipfeln ist knopfloch,
wie Max Bense altmeister Goethe
in den mund legte, nachdem
er ihn in der Grünen Tanne
an der Saale zu Jena gesichtet

haben will, gleich um die ecke,
ruft Wolfgang Haak mir zu,
hat Hölderlin gewohnt.

grauhimmeltag

für Peter Gosse

grauer tag, wolkenverhangen,
keiner jahreszeit zugehörig,
eigens ausgestattet sparsam
mit tageslicht, generös gespendet
von feldmarschall Hindenburg
als weltbaumeister von notlichtern,
unverhohlen ist an mir der tag
verstohlen vorbeigeschlichen,
ich bin ihm tunlichst ausgewichen,
wir wollten voneinander
nichts wissen, wie nicht
zu verkennen, was zu benennen
nachdrücklichst angefügt sei,
winterschlaf wieder einzuführen
wie bei siebenschläfern immer
noch usus sieben monate lang,
was abstrusus, wäre nicht
zu verachten, warum nicht gleich
einen verein gründen mit verkrachten
existenzen von über achtzig lenzen,
die dieses urtümliche gebaren
sich auf ihre fahnen schreiben,
zurück in die Buchfarter höhlen,
fehlte es nicht gar zu entschieden
an filzstiefeln samt bärenfellen hienieden

und weiteren Neandertaler quellen,
während ich schreibe, ist schon
der graue tag zur neige gegangen,
ausdauernd wolkenverhangen, verheißen wird
einem jeden sein grauhimmelquantum,
quod erat demonstrandum.

unter freiem himmel

unter freiem himmel kampiert nächtens,
kaltblütig abgewiesen von allen herbergen,
gern hätt ich mit einer feldscheune
vorlieb genommen und mich verkrochen
in heu oder stroh, so aber blieb nur
auszuharren an einem gartenzaun am rande
von Zella-Mehlis in frostiger nacht,
bereift die dächer der laubenkolonie ringsum,
vor tagesanbruch klamm auf die beine,
sich warmlaufen schnurstracks weglängs,
einmal ausgestreckt in einem haferfeld seitab,
nahm notgedrungen den schlafplatz
in einer hocke, um mich wisperten und
knisperten die mäuse, auf einer radtour
unterwegs nach Spremberg, von Spremberg
nach Muskau zu Pückler, von Muskau
nach Görlitz, von Görlitz grenznah hoch
hinauf in die Zittauer Berge, wie kommt
man auf den Oybin? armselig eingerollt
lag ich waldinmitten versteckt
hoch überm Lichtenhainer Wasserfall,
der in natura gar keiner ist,
ein schuljunge war ich, als dicht
an der Kirnitzsch ich schlaf suchte
nachthindurch, unversehens dem zelt
entwichen und erschrocken in den stern-

himmel blickte, wo sonst noch
fanden sich nachtquartiere plein air?
eines nahe der Ebertwiese, angetreten
in der Drachenschlucht zu zweit
zum Rennsteiglauf schwer bepackt,
als zur mitternacht eine herde färsen
jählings auf unser zelt zustürmte,
nur knapp vorbei an dem obdach,
von stacheldraht und sperrzonen
eingekesselt, mußte genügen zur erdumkreisung
die kleine heimat, und nicht mal die
ließ sich halbwegs umrunden.

die schöne else (sorbus torminalis)

einsamer nie als zu allen vier jahreszeiten
der waldweg auf die Coppanzer Höhe,
wo sich weithin sichtbar die windräder drehn,
nach der schönen else ausschau zu halten,
wenn sie ihre versteckten standorte
weißgewandet zur schau stellt an waldrändern,
augen- und bienenweide gleichermaßen, solitäre,
herausgedunkelt aus dem bestandsgefüge
nutzholzbestimmter reviere, als unsereiner
voreinst zu fuß unterwegs bergunter,
bergauf peripatetisch als wäldischer pilgrim
zwischen Ilm und Saale, da holte ich rat
bei einem aus Bovenden nahe Göttingen, der
sein leben gewidmet elsbeere und speierling,
seither läßt sich wohl wissen vom lichthunger
und dem bedarf an freien kronenlichträumen
der windgeschorenen wohlgeformten unikate,
schweres holz, das eiche aussticht wie auch
bergahorn und hainbuche bei allen auktionen,
feinjährig gefladert und geflammt,
pfahlwurzler, standort gefunden vorzugsweise
auf muschelkalkreichem grundgestein,
maßhaltig, möglichst südseite, spätfrost-
toleranter elfenbaum, den trockenheit
nicht sonderlich anficht,
hie und da auch adelitzbeere benannt,

die schon Hildegard von Bingen rühmte,
namensgeber Martin Luther war auf verzehr
der abgerebelten früchte erpicht,
wenn ein jahr wieder vollauf
doldenbehangen, steigen waghalsige pflücker
die endlosen leitern hinauf,
aus den früchten kostbaren edelbrand
zu gewinnen.

welthäuslichkeit

gespräch unter einem apfelbaum,
früchte vorfristig abgeworfen
angesichts anhaltender dürre
selbst im staunässegebiet,
name der früchte nicht
zu bestimmen, deshalb
Edler von Pinkowitz mit aussicht
über das Elbtal, ansichtig
eines langhin ausschweifenden
panoramas bis in die vorberge
der Oberlausitz, gegenstände
ringsum in erwartung, ja, worauf
warten hausrat und unrat
als auf deine geübten handgriffe,
die alltäglichen banalitäten,
die es zu fermentieren gilt
in poetische rede, einbezogen
diese wurmstichigen äpfel,
deren zeit abgelaufen ist
wie die meine.

Von Wulf Kirsten sind im Fischer Verlag erschienen:

Die Prinzessinnen im Krautgarten.
Eine Dorfkindheit (2018)

Die Schlacht bei Kesselsdorf. Ein Bericht /
Kleewunsch. Ein Kleinstadtbild (2018)

fliehende ansicht. Gedichte (2012)

Brückengang. Essays und Reden (2009)

Erdlebenbilder.
Gedichte aus fünfzig Jahren 1954–2004 (2004)

Textur. Reden und Aufsätze (1999)

Als Herausgeber:

Beständig ist das leicht Verletzliche.
Gedichte in deutscher Sprache
von Nietzsche bis Celan (2010)